Oplepo

Le leggi della tavola

Regole per tutti i gusti

Biblioteca Oplepiana

N. 29

 http://www.inriga.it

 info@inriga.it

 https://it-it.facebook.com/inrigaedizioni/

 https://twitter.com/inrigaedizioni

 https://www.linkedin.com/company/in-riga-edizioni-e-literary-agency

sonettuzzo

prendi un pezzo di carne nel lucertolo,
poi steccalo con fette di prosciutto,
con zibibbo, pinoli e un po' di tutto,
e aglio e sale e pepe, io me lo mertolo:

battuto è il companatico, e io convertolo:
sbucciami il pomodoro, che lo butto,
e aspetto che mi resti lì distrutto,
a lento fuoco, coperto e scopertolo:

ci puoi condire infine i maccheroni,
e via, con tanti formaggi piccanti,
200 grammi a noi 2, buoni buoni:

la cipolla, strizzata, me l'agguanti
con il mestolo, e fuori dai coglioni!
prendimi per la gola, che mi incanti:

Edoardo Sanguineti
(26 settembre 2006)

«Ecco, lo dicevo io: la poetica del formaggio, o forse il formaggio della poetica; qui si mescolano e si ribaltano i gusti, i piani, i contenitori e i contenuti. È il travaso continuo. Farò un convegno sui sapori della letteratura e un libro di ricette letterarie, come quello del mio prozio Pellegrino Artusi».

Giambattista Vicari

Il sonetto di Edoardo Sanguineti riprodotto in esergo è stato scritto per Tina Persico e con la dedica *Per Tina, in cucina.*

La dichiarazione di Giambattista Vicari è tratta da *Il contropremio. Storia di una lettera di Giambattista Vicari ai redattori del "Caffè" e ad altri amici scrittori*, di Anna Busetto Vicari (Raffaelli Editore, Rimini, 2009, pp. 37-38).

Elena Addòmine

Corona di sonetti gastronomici

Salse, burri composti, marinate

È l'argomento salse certo vasto:
che siano calde o fredde, regionali
esotiche oppur convenzionali
son complementi d'ogni vero pasto.

Divino è il celeberrimo contrasto
tra senapi e mostarde originali
e burri, tenerezze eccezionali
se poi si aggiungon l'erbe all'impasto.

Indubbiamente è un fatto universale
unire alle pietanze i contorni;
sian marinate di vin bianco o rosso,

ragù o altro sugo ortodosso,
le salse ci rammentan tutti i giorni:
cucina è vero orgoglio nazionale!

Antipasti, *entrées*, pizze

Cucina è vero orgoglio nazionale:
tra musica, couture e la Ferrari
vantiam la pizza che la si prepari
con gusti nuovi oppur tradizionale.

L'usanza poi, è un fatto culturale,
è quella d'iniziar i familiari
con prelibate *entrées* e similari;
il pasto inizia: o carne o vegetale.

Così siamo da sùbito sfidati
da lievi *vol-au-vent* e da tartine:
le possibilità sono infinite

ché con bruschette, pizze margherite,
bignè salati, *crêpes* e sfogliatine
sappiamo accontentar tanti palati.

Minestre

Sappiamo accontentar tanti palati:
lasagne, zuppe o la famosa pasta
l'italica cucina qui sovrasta
gli altri gastronomici afflati.

Profumi e spezie sono amalgamati
con paste fresche o secche e pur non guasta,
ricordo, la minestra che contrasta
con i sapori più sofisticati.

Spaghetti oppur risotti mantecati
son prove del talento culinario
d'un popol che così bene li mangia.

Timballi e creme che lo chef arrangia
soddisfano in modo leggendario
i gusti più diversi e raffinati.

Uova, frittate

I gusti più diversi e raffinati
apprezzan anche un semplice prodotto:
difficile è trovar chi non sia ghiotto
di uova e tal piaceri delicati.

Sì tanti sono i modi e più svariati
di cuocer questo cibo poco dotto:
frittata, alla coque, comunque cotto
non c'è che dir son piatti prelibati.

Mollette oppure lesse con caviale,
sian sode, al piatto oppure strapazzate,
non solo di gallina ma anche quaglia

così arricchiscon pure la tovaglia
perché preziose sono, e ricercate
per un connubio lieto e mai banale.

Verdure

Per un connubio lieto e mai banale
di componenti delicati e forti
si usin le verdure, le consorti
del classico secondo più formale.

Apporto culinario originale
sono i prodotti di curati orti:
asparagi e zucchini (lunghi o corti)
graditi son da ogni commensale.

Carciofi e rape dan tocco gioviale;
gradiamo poi l'aroma del finocchio
ed il sapore della melanzana

che sia al funghetto o alla siciliana.
Così i vegetariani tengon d'occhio
il meglio della tavola mondiale.

Pesci

Il meglio della tavola mondiale
dipende – certo è – dagli ingredienti
e il pesce fresco, ne siamo coscienti,
dà un contributo ai più fenomenale.

Branzini e baccalà (sapor cruciale
di piatti marinari succulenti),
e i tonni che si sciolgon sotto i denti,
o triglie con quel gusto originale:

mangiamoli con salse o marinati
oppur conditi dal semplice burro.
Palombo, trota, astice o la razza

o l'aragosta con la sua corazza:
tesoro che (mediterraneo azzurro...)
si trova qui nei luoghi già cantati.

Carni, frattaglie

Si trova qui nei luoghi già cantati
da chi del gusto buono se ne intende
un grande assortimento che sorprende:
vegetariani siano isolati!

Soddisfazion per gusti ricercati,
la varietà di carne qui comprende:
maiale, manzo e il cuore ci s'accende
per trippe, arrosti, in umido o brasati.

Vogliamo rammentare gl'insaccati
che anche se non son com'il vitello
alla piemontese od in tegame

il lor sapor fa certo venir fame,
e sono condivisi col coltello
da artisti, fini cuochi e letterati.

Animali da cortile

Da artisti, fini cuochi e letterati
sappiam che gli animali da cortile,
con quella carne dal sapor gentile,
son certo con favor considerati.

Da tanti sono giustamente amati:
conigli, polli ed anatre hanno stile
ch'è sì gradito dal gusto civile
perché soddisfa sazi ed affamati.

Più magri e raffinati del maiale
ci offron carni rosse oppure bianche
(si pensi sol all'ottimo tacchino

al forno col contorno di zucchino);
non solo gusto ma dimostran anche
la gran virtù d'un popolo ospitale.

Selvaggina

La gran virtù d'un popolo ospitale
è della caccia la condivisione:
con lepri, tordi o altra cacciagione
si può imbandire un pasto ideale.

Gustosità pregiata sì speciale
(le carni aromatiche son buone!)
l'assaporiamo in un sol boccone:
è cibo vanto da mensa regale.

Son meglio alla griglia che al vapore,
pernici, oppure anatre o fagiani,
cinghiali, caprioli oppur camosci:

se della cacciagion trucco conosci
sarà una delizia che domani
si celebri allora - e con onore!

Barbecue

Si celebri allora – e con onore! –
lo spiedo e le griglie all'aperto
che son della cucina fatto certo
per via del loro insolito sapore.

Corretti sian la fiamma ed il calore
ché non si cuoce mai con fuoco incerto
nemmeno il pollo, anche se coperto,
o non si ottiene il tipico colore.

Cottura un poco rozza, si può dire,
però gradiamo ché è divertente;
se ci si trova in mezzo alla campagna

oppure in una baita di montagna
il barbecue aumenta certamente
la varietà dei piatti da abbellire.

Formaggi

La varietà dei piatti d'abbellire
con salse, frutta fresca o la mostarda
non cessa coi secondi ma riguarda
pur i formaggi che ci fan gioire.

Di capra o vacca sono da capire:
la mozzarella è gioia, sì, gagliarda,
ma non si fermi la bocca testarda
che tanti ancora sono da scoprire.

Prodotto noto di genti reggiane
il parmigiano è tesoro vero:
sicché l'Italia è resa pur famosa

da donne, calcio e – ahimè – cronaca rosa,
ma qui si onora anche e per davvero
con semplici ricette ancor nostrane.

Dolci, dessert

Con semplici ricette ancor nostrane
si posson fare dolci prodigiosi
di cui noi con ragion siamo orgogliosi:
babà, tiramisù e marzapane!

Le diete e le abitudini più sane
richiedon sforzi molto coraggiosi;
tentati siam, capricci deliziosi,
sirene edulcorate (e campane…).

Servìti su lussuose porcellane
i pasticcini sono una delizia
ché anche l'occhio la sua parte vuole:

l'estetica d'un piatto mai non duole,
non ci dimentichiamo per pigrizia,
che sia dessert oppur semplice pane.

Cucina esotica

Che sia dessert oppur semplice pane
si può trovar nel mondo assortimento
di cibi di città (è un godimento!)
dell'Asia, delle Americhe o africane.

Tandoori, dosa o *naan* di strade indiane
non provocan più grande stordimento:
lasciamo ai polli l'irrigidimento
ché tali discussioni sono vane.

De gustibus, si sa, non si può dire:
sapori e aromi insoliti in cucina
più strani e più diversi sono, è bello!

Proclama il cuoco vero a suo fratello:
"Che venga dal Perù o dalla Cina
la gioia del mangiar non va a finire!"

Surgelati

La gioia del mangiar non va a finire
quand'anche il cibo fresco è terminato
perché si trova spesso surgelato
il piatto che uno chef potrà esibire.

Il fresco, lo si sa, è da preferire
ma non si trova sempre nel mercato
quel quid che si vorrebbe cucinato
e allor si deve presto intervenire.

Col forno, a micro-onde o al vapore,
lo scongelar non è grande problema:
se uno fa del cucinare un'arte

il fresco si può mettere da parte.
Non è così una scelta tanto estrema
se si cucina con dolcezza e amore.

Gastronomia italiana

Cucina è vero orgoglio nazionale:
sappiamo accontentar tanti palati,
i gusti più diversi e raffinati
per un connubio lieto e mai banale.

Il meglio della tavola
si trova qui nei luoghi già cantati
da artisti, fini cuochi e letterati:
la gran virtù d'un popolo ospitale.

Si celebri allora – e con onore! –
la varietà dei piatti d'abbellire
con semplici ricette ancor nostrane:

che sia dessert oppur semplice pane
la gioia del mangiar non va a finire
se si cucina con dolcezza e amore.

Paolo Albani

Rimembranze culinarie alla maniera di Perec

1.
CIBI RICORRENTI CHE HO MANGIATO
NEGLI ULTIMI TRE GIORNI A CASA MIA

Pasta all'olio
Acciughe
Omelette al formaggio
Lenticchie
Olive condite

2.
CIBI SCOPERTI CAMMINANDO PER LE VIE
DELLE ULTIME TRE CITTÀ IN CUI SONO STATO

Granchio
Lasca
Gallo
Fontina
Uva
Torta

3.
CIBI TROVATI NEI TITOLI DEI LIBRI
POSTI NEGLI ULTIMI TRE SCAFFALI IN ALTO
DELLA MIA LIBRERIA

Riso nero
Carne
Erbe selvatiche
Frutti della terra
Miele amaro

4.
CIBI MANGIATI NELLE ULTIME TRE CENE
A CASA DEL MIO AMICO NIGERIANO DANIELAGIDDI

Akara
Gari secco
Ikokore
Dodo
Dried crayfish
Isu

5.
CIBI FANTASTICI TRATTI
DAGLI ULTIMI TRE SOGNI CHE HO FATTO

Norne pasticciate
Spianatore in agrodolce
Garuda allo spiedo
Burak con erbette potenziali
Manticora calda alla crema

6.
**CIBI ESIBITI IN SCENE
DEGLI ULTIMI TRE FILM CHE HO VISTO AL CINEMA**

Brodo di tartaruga
Cailles in sarcofage
Blinis Demidoff
Truffes au chocolat
Chantilly con fragoline

7.
**CIBI RAPPRESENTATI NEI QUADRI
ESPOSTI NELLE ULTIME TRE MOSTRE CHE HO VISITATO**

Aragosta
Quaglie
Formaggi
Ostriche e pasticcini
Ciliegie

8.
**CIBI CHE HO DOVUTO MANGIARE
NELLE ULTIME TRE COMPETIZIONI ELETTORALI
IN ITALIA**

Lasagne nostrane
Paté di leggine
Polpettone defilato
Insalata di vellichio
Uvetta di cavilli

Raffaele Aragona
La contrainte à la carte

1.

Prosciutto, prosciutto
La mortadella
Uova d'oro

Riso amaro
Maccheroni
Pastasciutta… amore mio
Penne nere

Carne tremula
Carne cruda
Un pesce di nome Wanda
Un pesce di color rosa

Pomodori verdi fritti *con* Paprika
La parmigiana

Arancia meccanica
Mela e tequila
Banana split
Frutto proibito

Dolce inganno
La torta in cielo

Liquirizia

Chocolat
Cioccolato bollente

Il porto delle nebbie

Champagne in paradiso

2.

Paté de fois gras

Penne alla bolognese
L'arrabbiata

Pollo alle prugne
Il tacchino

La parmigiana
Le uova e la frittata
Maionese

Una granita di caffè con panna
Fragole caramellate con la panna
Cacao
Zucchero e cannella

Quattro mele annurche
Mangiare banane

Il tè delle tre vecchie signore

3.

Cubetti di melone bianco
Triangolini di pan tostato con salmone al profumo di aneto

Quadrucci in brodo di dado
Spirali alla carbonara
Anellini al ragù
Tubetti con il farro
Losanghe al sugo di cinghiale
Eliche ai carciofi

Rombo con i capperi
Triangolo di vitello in fettine bruciate al Madera

Corona circolare di rosmarino con centro di spinaci
Ovali di melanzane al vapore

Spicchi di mandarini

Cerchio di bignè farcito con panna montata e more
Tronco di cono di parfait di nocciola
Sfere pralinate di cioccolata
Cono gelato al lampone

Ottagono rosso di Castel del Monte

Lumache con carote e sedano
Gamberetti rossi alla brace
Bresaola della val di Fassa
Fettuccine al sugo di lepre
Spaghetti ai frutti di mare
Minestra di verdure fresche
Coniglio con sugo ischitano
Stracotto d'asino tartufato
Fegato cotto alla veneziana
Fricassea di pollo ruspante
Anguilla al timo affumicata
Spigola al forno alla menta
Sogliola in umido con porri
Carciofi romani alla giudìa
Cavolini di Bruxelles lessi
Funghi del bosco alla brace
Ricotta toscana in fuscella
Formaggio sardo di Oristano
Sgombro con fagioli bianchi
Mandorle, fragole, nocciole
Sfogliatelle frolle e ricce
Mousse con cioccolato amaro
Cannoli siciliani di Giarre
Pasticceria mignon torinese
Tignanello Riserva Antinori
Vino spumante Rosé Dry 2002
Caffè caldo in tazza grande

5.

Melone giallo
Frittelle allo zafferano
Asparagi con spolvero di cùrcuma

Tagliolini al limone
Farfalline al burro, salvia e parmigiano
Gnocchetti gialli

Bignè di pesce persico al curry e Château-Chalon Jaune
Gamberi guarniti con foglie di lauro

Insalata di mais al Glazé
Broccoletti con polpa di avocado Hass
Purea di patate

Torta mimosa

Pesche gialle e pompelmo
Gelato alla vainiglia in guscio di cantalupo

Vin paillet
Vino moscato giallo
Vino giallo Shaoxing

Limoncello

Tè giallo

6.

cozze
uova in camicia

caserecce con zucca
mezza manica con verza
arroz messicano
couscous con riso nero cinese

manzo con cacio
carne suina norcina
oca in maionese
cervo con aromi vari

micca con i ceci
cicoria rossa amara

mousse crémée
roccocò

arance, noci, uva e susine

vino rosso corvo
rosso còrso secco
rosso osco
vino rosé

amaro

veneziana con saccarina
orzo

7.

Prosciutto parmense
Polpo pomodorato
Panzerotti
Pizza primavera

Pot-au-feu
Polenta pasticciata
Puttanesca per pizzocheri
Pappardelle pecorare
Paccheri picentini

Porchetta
Pollastrella paesana
Polpette pinolate

Peperonata
Patate prezzemolate
Parmigiana
Prataioli padellati
Prugnòli
Provolone piccante

Pere, percoche, prugne

Pasticcini palermitani
Pastiera partenopea
Panettone pistacchiato
Pandispagna

Prunotto piemontese
Primitivo pugliese
Pallagrello
Piedirosso
Pignoletto

Pernod

8.

Aperitivo agli agrumi
Arselle
Aragostine arrostite
Arancini alle acciughe
Alici all'aceto aretino

Agnolotti astigiani
Acini all'amatriciana
Anolini all'astice

Agnello arrosto
Arista all'agro

Anguilla affumicata
Aspic all'aringa argentina

Asparagi alle alghe

Arance, ananas, albicocche

Affogato all'alchermes
Alzata all'amarena

Asprinio
Amarone
Aglianico avellinese

Amaro Averna
Anisetta

9.

Rana alla calabra

Calamarata alla fava amara
Pasta larga alla slava

Anatra al sal scannata
Sarda grassa salata

Rapa scaldata
Patata saltata

Babà
Castagna calda
Cassata campana

Ananas al Carat
Banana glassata

Caraffa d'acqua gassata

Rabajà
Barabba
Gazza ladra

Grappa d'Alba

10.

Ostriche e crevettes
Crudités
Speck del Tirolo

Tortelli con i porcini
Linguine con le olive
Conchiglioni con le zucchine
Brodo di verdure
Risi e bisi

Dentice lesso
Seppioline e cicinielli

Vitellone con peperoncino forte
Filetto col pepe verde e cipolline sott'olio
Rosbif con lenticchie e piselli

Pomodori ripieni
Finocchi in forno intinti in pinzimonio

Trionfo di frutte
(ciliegie, kiwi e noci)

Dolce di nocciole
Mele cotte con miele
Zuccotto di mirtilli
Meringhe su letto di mousse di crème viennoise
Sfoglie di torte inglesi
Struffoli

Greco di Tufo
Refosco
Pinot nero

Espresso
The con il limone

Liquori dolci

La cassata

Alessandra Berardi

Indovina chi sviene a cena?

L'Istituto di Criminologia Femminea – una benemerita fondazione che da oltre un secolo studia la donna come fenomeno degenerativo della natura – conserva nelle sue teche i reperti più raccapriccianti della storia muliebre di tutti i tempi: il rasoio della donna barbuta, la miccia della donna cannone, il marito della donna in carriera... E vi abbiamo rinvenuto anche il resoconto dell'arringa dell'avvocato difensore della qui di séguito citata A.S., la quale seppe affrontare con originale se pur criminosa maestria l'arte gastronomica. Lo trascriviamo per voi, credendo che possa servire di monito ed esempio alle fanciulle d'oggi, ormai così poco avvezze a frequentare le cucine.

«Fame d'amore. Proprio così. Tutti loro sapevano cos'era. Quel languore inesorabile che colpiva al cuore e piano piano, implacabilmente, si trasmetteva allo stomaco. Crollo delle difese, riduzione della razionalità, abbassamento della soglia di attenzione, ma soprattutto un ingente, irreversibile calo glicemico. Tutto questo era tragico, se si voleva, ma umano. Tragicamente umano. C'era bisogno che spiegasse alla corte, al pubblico e alla giuria che cos'è una passione divorante? L'ossessione ingorda che rimorde i giorni e le notti, quella smania inestinguibile che ti fa mangiare le mani e ti rode la cistifellea? Lui era sicuro che avrebbero capito. E cos'era dunque quel polpettone insulso ammannito dalla solita stampa scandalistica, cosa volevano dire tutti quei titoloni che ti sputavano in faccia pericolosi rigurgiti perbenisti, come *L'atroce cucina della mantide*, *L'inferno sentimentale di una cuoca mancata*, o *Invito a cena con delitto*?

Ma signori, ma signore! Se la cucina è un'arte, anche l'amore, nondimeno, ha bisogno dei suoi bravi ingredienti. E quali partner aveva a disposizione, la sua cliente, o una qualsiasi donna del loro tempo, desiderosa di vivere una passione viscerale? Erano uomini, quelli che popolavano la scena di quei giorni insipienti? Insicuri, timorosi, codardi, privi di carattere, animati da istinti bassi, spaventati dalla crescente affermazione della figura femminile, irresponsabili, disimpegnati, amorfi. Erano uomini, quelli, signore della giuria? No, e loro lo sapevano benissimo. Ma quali uomini! Erano degli zucconi, erano dei patatoni, erano dei molluschi, erano dei galletti, erano dei conigli, dei baccalà erano! Salami! Cime? No! *Teste* di rapa. Voi pensavate di avere un uomo fra le mani e invece, a guardar bene, che pizza! Polli, polentoni, pappe molli. Né carne né pesce. Cosa c'era di tanto strano a rifiutarsi di sorbirseli così com'erano, insipidi o sennò indigesti?

Tra affetto e affettato, tra soffrire e soffriggere – ci avevano mai pensato? – trascorre un attimo breve e imperscrutabile, lo spazio di una sillaba. Era dunque andata in questo modo: innegabile, la sua cliente aveva messo in casseruola un molto nutrito numero di uomini ben pasciuti, ma quelli l'avevano provocata! Gli agnellini! Dozzinali, saccenti, ingrati, cen'era per tutti i gusti. Loro la stufavano e lei li stufava, loro la volevano far cuocere a fuoco lento e lei li passava al forno. Pusillanimi. Sempre si lamentavano di tutto, anche di un ginocchio sbucciato... Lei provvedeva a sbucciarli per intero. Villani. Tutto fumo e niente arrosto. Se facevano per accendersi una sigaretta in sua presenza, erano spacciati: «L'uomo è come l'olio per la frittura: dev'essere caldo, ma senza fumare». E se anche le facevano l'occhio di triglia, lei li mandava a farsi friggere. Presuntuosi. Quello che aveva provato a fare il pesce lesso, lei lo aveva raffreddato con la maionese... Erano tutti montati, ancora prima che lei intervenisse con la frusta per la panna. Nella vita bisogna difendersi, ma anche variare, a meno di accontentarsi della solita minestra...

Ci sono donne che spremono gli uomini, beh... lei li caramellava; ce ne sono altre disposte a sciropparseli per sempre, lei li sciroppava in un attimo, ci sono studenti che marinano la scuola... Lei li marinava. Quei teneri studentelli... diventavano ancora più teneri! Stare a bagno per una notte col Madera e i chiodi di garofano serviva, lei ne era certa: la mattina dopo non si era più gli stessi, i gusti erano maturati. Non furono inventate le spezie per migliorare il sapore della vita? E delle cervella, e delle costolette, e del filetto, e del girello, e via dicendo.

Che poi, a dire il vero, lei, che era una pasta di donna, li amava anche coi loro difetti: le piacevano con la pancetta, le piacevano con la rughetta... Aveva una speciale predilezione per i pelati e gli sformati. Adorava la trippa. I passatelli, poi, li lasciava cuocere nel loro brodo: mai avrebbe rinunciato a quel loro gusto così *démodé*, un po' *consommé*...

Era vero, le sue ricette rivelavano una visione del mondo forse un po' troppo edulcorata: «Sbattete due rossi e tre biondi in 150 gr. di zucchero...». Che bei bocconcini! Aveva una natura delicata e femminile, prova ne erano i nomi squisiti che aveva assegnato alle sue prelibatezze:

Orecchiette a sventola su guanciale di ragazzo
Affogato in brodetto alla maniera bretone
Calzone di uomo in camicia con cappelletti
Scarpetta di principe alla Cenerentola
Marinaio all'aragosta senza scampo
Conserva di poeta ermetico
Marito coi maritozzi
Umorista sotto spirito

Fidanzato coi fiocchi di cereali
Lombo di amante ai ferri corti
Uomo sodo in letto di asparagi
Mousse di mirtilli e more uxorio

Ma quali appetiti sessuali devianti, per favore... E chi parlava di sesso? Appetito. Punto. E nient'altro. Per molte donne l'asse attorno cui ruota l'amore è il letto, lei come asse preferiva il tagliere. Quei signori, al sesso non ci arrivavano proprio, erano così sciocchi che un'enormità sembrava dovessero dirla da sùbito... come se fossero pagati per farlo... all'inizio del loro incontro. Quegli imprudenti! Dicevano la loro castroneria che si era appena agli aperitivi, la facevano innervosire e... pànfete! Cavoli loro. Amen. La frittata era fatta... Ma adesso, perché cercare il pelo nell'uovo? Il succo di quella vicenda, lo si capiva sùbito, era un succo gastrico.

La sua cliente era stata accusata di crudeltà efferata, ma lui era certo che gli uomini... ma soprattutto le donne... della giuria... avrebbero capìto. La cucina, per sua natura, aveva un contenuto violento, lo sapevano tutti. Un pizzico di sale, un pugno di riso, un sospetto di noce moscata e *dulcis in fundo*... il mortaio! Ecco, tutto qui. Dovevano credergli: l'unica cosa che suggeriva il giallo, in tutta quella storia, era lo zafferano con cui la poverina cercava di tirare fuori qualcosa di buono dal suo ultimo compagno, un cinese che aveva voluto insegnarle tutti i segreti del riso... E adesso non rideva più.

Che si mettessero una mano sulla coscienza: dovevano giudicare una donna la cui tenerezza nessuno aveva alimentato, che invano si era nutrita di speranze, che aveva dovuto inghiottire amare sconfitte e cocenti delusioni, che aveva finalmente assaporato qualche piacere alla sua portata, scaldandosi l'anima languorosa al debole fuoco di un fornello, e che ora per questo si struggeva come una bambina che avesse rubato la marmellata... Lui era sicuro che, nell'esprimere il verdetto, loro non avrebbero trascurato di usare la necessaria dolcezza».

La pena fu salata, la giuria non ebbe per lei nessuna pietanza. Decisivo fu il testimone chiave, il noto Antonio Stornaiolo, attore di professione e piazzista di ortaggi per passione; avendo avuto la meglio sui tentativi gastronomici della donna, che riuscì a stordire col farle annusare un potente estratto di lampascioni, ebbe poi ad affermare: «Sulla sua tavola, molti uomini giacevano bocconi». Lo Stornaiolo si disse più che mai scandalizzato dall'uso smodato di proteine nella dieta della Silverspoon, che tanta poca importanza assegnava al benefico consumo delle verdure.
Artusya Silverspoon, la più celebre mangiatrice di uomini di tutti i tempi, fu al centro dei pettegolezzi dei giornali per mesi e mesi. La stampa cannibale non si stancava di sbrodolare sulla sua storia, dandole un taglio decisamente orrorifico e cercando di condire il macabro minestrone con i particolari più piccanti. Al cronista che le chiedeva di definire la sua personalità, Artusya rispose con un laconico: «Posata»; e alle insistenti pressioni di chi voleva che spiegasse il suo operato, replicò soltanto: «Gli uomini sono piatti».
Rinchiusa nel carcere di Crema, la donna che in un anno aveva ucciso 365 giovanotti, cucinandoli in 365 modi diversi…, messa al fresco, nella calma della sua cella frigorifera, ebbe tutto il tempo di pentirsi e, ancor più, di raccogliere le idee.
Ricevette centinaia di lettere di comprensione e solidarietà, mescolate a migliaia di richieste di ricette. E pubblicò sotto mentite sfoglie una serie di volumi che conobbero una notevole popolarità. Citiamo tra gli altri: *Tutto quello che avreste voluto sapere sul lesso e non avete mai osato chiedere* e *Olio di gomito: l'arte di cucinare gli arti.*

Di Artusya Silverspoon pubblichiamo volentieri un assaggio della sua opera più rinomata: *L'uomo strapazzato. Dal genovese pesto all'insalata con dita - 100 ricette facili.*

È una formula che andrebbe a corroborare l'appassionata difesa di una giornalista d'assalto dell'epoca, la quale sostenne che... «Le divoratrici di uomini sono tali per via della crisi economica, che impone severi tagli sulla spesa e obbliga le donne a mangiare ciò che prima trovano».

Torte di un commesso viaggiatore

Quando frugo nel frigo
e non trovo il caviale
me la cavo coll'uovo
sono un tipo frugale
poi ci penso... che scema!
Ho un'idea per la cena!
Ti voglio mangiare
ti voglio masticare
sono la mantide
che più non vuole amare...
Ti voglio mangiare
ti voglio masticare
perché i migliori pranzi
son fatti con gli avanzi!

Anna Busetto Vicari

Uova sode

1.
RICETTA TRADIZIONALE (Pellegrino Artusi)
Prendete due uova e fatele bollire per dieci minuti.

2.
RICETTA DIETETICA
Prendete un uovo e fatelo bollire per dieci minuti.

3.
RICETTA DELLA CUCINA POVERA
Prendete due gusci d'uovo e fateli bollire per dieci minuti.

4.
RICETTA CHIC
Prendete due uova di struzzo e fatele bollire per dieci minuti.

5.
RICETTA APPARENTEMENTE DIFFICILE
Prendete due uova di Colómbo e fatele bollire per dieci minuti.

6.
RICETTA CARNEVALESCA
Prendete due uova di Colombina e fatele bollire per dieci minuti.

7.
RICETTA DEL LADRO
Rubate due uova e fatele bollire per dieci minuti.

8.
RICETTA DEL GENDARME
Prendete due uova sotto sequestro e fatele bollire per dieci minuti.

9.
RICETTA DELL'IGNORANTE
Prendete due uovi e fateli bollire per dieci minuti.

10.

RICETTA CON SORPRESA

Prendete due uova di Pasqua e fatele bollire per dieci minuti.

11.

RICETTA TRANSGENICA

Prendete due uova di mucca e fatele bollire per dieci minuti.

12.

RICETTA GINNICA

Sollevate cento volte due uova e fatele bollire per dieci minuti.

13.

RICETTA LETTERARIA

Prendete due uova fatali e fatele bollire per dieci minuti.

14.

RICETTA MITICA

Prendete due uova cosmiche e fatele bollire per dieci minuti.

15.

RICETTA SOCIALMENTE UTILE

Prendete due teste d'uovo e fatele bollire per dieci minuti.

Ermanno Cavazzoni

Vite di golosi

Interferenze automatiche di testi

Il golosissimo Baldi Carlo, detto tra i postini "indicativo imperfetto", ingurgitava la posta europea come fosse omogeneizzato alla frutta. E diceva ai colleghi: «Spazzate via le vecchie abitudini».

Mario Magnani, detto "bassotto" per la sua statura tarchiata, era particolarmente ingordo di minestra di latte composta. Nella sua dimora di Reggio Emilia ne preparava una dose per 8-10 persone: metteva il burro al fuoco e appena squagliato versava la farina, mescolava e quando cominciava a prender colore, versava il latte poco per volta. Faceva bollire alquanto, poi ritirava il composto dal fuoco e lo condiva aggiungendo le uova per ultime, quando era già diaccio. Cuoceva poi il tutto a bagno-maria come la minestra di semolino. Divorava la minestra senza neppure servire nel piatto di portata. Il cibo era per lui il primo oggetto di sessualità.

Franco Prattico divenne famoso in tutta la Spagna per la sua ingordigia, tanto che per una prodigiosa modificazione genetica si adattò progressivamente agli insetticidi. Un giorno, a Puerto de Santa Maria, inghiottì un annuncio stampa pubblicitario su droghe e piante medicinali ricoperto di sugo di carne. Da quel giorno ripeteva spesso: «Soffri e sii grande».

Mario d'Abadessa detto "il bifolco" per la violenza del suo appetito, ebbe i primi attacchi a una seduta del Parlamento napoletano, dove mangiò uova gratinate alla panna, accompagnate dalla spagnuola. Per preparare la spagnuola prese un petto di pollastra, lo tagliò a pezzettini e lo mise a cuocere nel burro a fuoco lento, aggiunse midolla di pane, due rossi d'uovo e noce moscata; poi gettò tutto nell'olio bollente fino ad ottenere una mistura bastevole per 10-12 persone. Accompagnò il tutto bevendo zuppa di pane all'uovo. Prima di mangiare era evidente nei suoi discorsi un eccesso di concisione che dopo pranzo si trasformò in cistite psicogena.

Hernando de Acruna, poeta di Monaco, è conosciuto tuttora per la sua golosità. Un giorno si trovava a Valladolid su un aliscafo e, mentre si ripassava le piume, fu preso da uno dei suoi attacchi di fame; fu così che tirò fuori l'accendino, lo fece a pezzi con la squadra a battente da tecnico che portava con sé e lo divorò. Alla fine del pasto benché fosse stato di suo gradimento, affermò di sentirsi l'acqua alle gambe. «Capisco – disse – che l'automobile è la mia unica cura».

Alberto Attolini era detto "caciarone" per il rumore che faceva mangiando; cominciò a vedere insetti da quando, all'Opera di Parigi, mangiò per ingordigia brodo di pollo con legumi cotti nel brodo, bevendo due litri scarsi di brodo. L'ingordigia che lo assaliva prima del pranzo, una volta ingerito il brodo diveniva eonismo, ossia tendenza al travestimento. «Scegliete una volta sola ma scegliete bene», era la frase che lo ossessionava durante i pasti.

Grazia Margada era conosciuta in tutta Napoli come "Zampa Burrata" per la sua golosità per tale pietanza. La sua ingordigia la spinse nel gennaio 1950 a preparare per cena un buon pezzo della sua sorellina cara: lo lessò, lo disossò, lo tagliò a pezzettini e lo mise sul fuoco con burro, sale e pepe. Poi aggiunse un po' di sugo ottenuto da un paio di anfibi. Dopo aver levato il tutto dal fuoco, amalgamò l'impasto con un pizzico di piombo. Dopo cena si sentì però pervadere da uno strano senso di alienità.

Giacomo Savarese aveva l'aria di uno spettro gigantesco. Dopo un anno di vita nel Tibet dove divorava un'alzavola, cioè un'anitra selvatica, al giorno con aglio, carote, sedano e prezzemolo, patì un'essudazione nervosa. Rimase però goloso di brodo di pollo; e si credeva Epicuro, sostenendo che il piacere era lo scopo dell'uomo. Perciò ripeteva: «Chi studia mangia galline e chi non studia mangia lupini». Visse così fino a quarantadue anni.

Giuseppe Gianninoto, nato a Milano il 15 settembre 1864, era un signore piuttosto grasso, piccolo e privo di forme ben delineate, infatti era soprannominato "cuboide". Nonostante avesse un'indole da budino, debole, sprovveduto e molliccio, pensavano di lui che fosse un adulatore. Giuseppe Gianninoto faceva l'allevatore, addestrava cani e altri animali, e la sua iperfagia talvolta lo portava a cibarsi proprio degli animali da lui allevati. «...la mia unica spina nel fianco», era infatti solito ripetere.

Giuseppe Gianninoto, grasso, piccolo e cuboide, una volta, in preda alla fame, andò fino in Sicilia per mangiare agnello alla scottadito. In riva al fiume Belice, nei pressi di Selinunte, incontrò Casoli Valerio che cominciò a rincorrerlo. In preda al panico Giuseppe Gianninoto si buttò nel fiume per inspirare acqua dal naso ed emettere preghiere dallo stomaco. Ma il Casoli riuscì a colpirlo ripetutamente sul cranio con un lungo ramo di lavanda. Giuseppe continuava a ripetere: «Còlto in castagna».

Ideo Tamagnini, goloso in conseguenza di una mutazione genetica, fu afflitto dal pesante nomignolo di "asino". Recatosi in un ospizio del Gran San Bernardo per sfuggire a occhi maliziosi, cominciò a mangiare pasticcio di vitello e pernice con arrosto, e a bere un battericida all'eucalipto.

Soffrì in un primo momento di enuresi; dopo alcuni pranzi il male scomparì e fu sostituito dall'anoressia. A riguardo Tamagnini ripeteva spesso: «Durerà ancora cinque anni».

Emore Cottafava, nato il 2 agosto 1915 a Trieste in via Asseverati 28, si dice che fosse un edonista; infatti era soprannominato "salmone bollito" perché riceveva ogni genere di piacere facile e immediato, ad esempio i cannelloni alla laziale. Amava inoltre inalare le ondate di caldo provenienti dal pollo fritto, e ripeteva: «Arriva ad ondate». Morì il giorno di Pentecoste.

Testi utilizzati per le interferenze automatiche:
- G. Oberosler, *Il Tesoretto della cucina italiana*, Hoepli (1947);
- Elenco telefonico di Reggio Emilia (2000);
- *Capire l'antifona* (a cura di Giovanna Turrini, Claudia Alberti, Maria Luisa Santullo e Giampiero Zanchi), Zanichelli (1995);
- *Manuale di Anatomia* (1905);
- *Enciclopedia Garzantina Universale*;
- *Trattato di psicopatologia sessuale*.

Si ringraziano gli studenti dell'Università del Progetto per la collaborazione.

Lorenzo Enriques

Il "chilometro libero"

Quando ero molto piccolo avevamo nell'orto lamponi, ribes e fragole: eravamo liberi di mangiarne a volontà, ma stava a noi capire se erano già maturi. A sei anni iniziarono a mandarmi con un bidoncino di alluminio a prendere il latte appena munto dal signor Gagno, il contadino che abitava sull'altro lato della valle: lo ricordo perché è stato il mio primo incarico di una certa responsabilità. Le uova venivano dal pollaio. Ogni tanto spariva una gallina e lo stesso giorno si mangiava pollo: la coincidenza era un fatto acquisito, su cui noi bambini non ci ponevamo troppe domande.

Più tardi ho incominciato a conoscere i cibi squisiti del Canavese e del Piemonte: gli *asparagi di Santena*, le *ciliegie di Pecetto*, il *lardo di Arnad*, i *nocciolini di Chivasso*, i *vini delle Langhe*, i *tartufi di Alba*. A 15 anni, con il primo motorino (un Motom 48) facevo lunghe gite per andare ad assaggiarli nelle *piole* locali.

La vera liberazione gastronomica per me è coincisa con il '68: ho scoperto la libertà di alternare cibi semplici e sofisticati, cibi prodotti vicino a casa o lontano, cibi cari e cibi economici.

Ora conosciamo e amiamo il *pâté* di Strasburgo, le ostriche *belon*, i vini della California, del Cile, della Nuova Zelanda, il salmone scozzese e svedese, la *fondue chinoise*, la *paella*, il *pata negra* e la *sangrìa*, i mille formaggi francesi. E anche i mille vecchi formaggi italiani che abbiamo scoperto soltanto in questi ultimi anni: il *bagoss*, il *castelmagno*, il *formai de mut*, la *raschera*, la *toma*, la *vastedda*,…

Qualcuno sostiene che si dovrebbe adottare il *chilometro zero*:[1] consumare di preferenza cibi prodotti vicino al luogo di acquisto. Non ho nulla in contrario. Per esempio ho scoperto che Marco, un ferroviere in pensione, si è improvvisato enologo: produce e vende sotto casa mia a Lucca l'ottimo *Acciarino*, un vino leggero che alterno con il più corposo *Niffo* della mia vigna. Il nostro orto produce sapidi pomodori le cui piante sono state trapiantate da Torre del Greco. I cachi davanti al mio studio forniscono frutta per tutto novembre e dicembre.

Ma non vorrei che la difesa del locale ci impedisse di trovare nei negozi e nei supermercati i prodotti ai quali ormai la globalizzazione ci ha abituati: l'uva sudafricana, gli yogurt greci, le birre messicane, il caviale *beluga* del Caspio.

A favore del *chilometro zero* si sostiene che il risparmio nei trasporti si traduce in una corrispondente riduzione dell'immissione di CO_2 nell'atmosfera: questo è certo vero in casi clamorosi, come quello delle acque minerali, aduse a muoversi inutilmente su e giù per l'Italia.

Ma forse non si tiene pienamente conto del fatto che una riduzione della globalizzazione nei cibi provocherebbe inevitabilmente una crescita del turismo gastronomico.

---

[1] «*A chilometro zero*, detto di alimentari prodotti a breve distanza dal luogo di commercializzazione» (*lo Zingarelli 2010*, Zanichelli, Bologna, 2009).

Sono debitore a uno studio del prof. Pino A. O'Balla, economista, e del prof. Aaron E. La Geraffa, ingegnere, per la stima che i soli viaggi in automobile verso Alba ed Acqualagna per gustare i tartufi nel periodo autunnale producono mediamente un'immissione addizionale di circa 1.500 kg di CO_2 per ogni kg di tartufo mangiato [Pino A. O'Balla, Aaron E. La Geraffa, comunicazione privata, 2009].[2]

In questo lavoro intendo proporre tre menu a 'chilometro libero', che coniugano gastronomia e geografia in magici accoppiamenti letterali: l'articolazione dei nomi dei piatti proposti corrisponde a un preciso disegno linguistico concepito da una mente superiore.

[L'autore è grato a Clare Brin per l'attenta e diligente rilettura del manoscritto]

---

[2] La stima dell'equivalenza fra CO_2 e tartufo non è campata in aria: si valuta che ogni viaggio in macchina ad Alba in media richieda 50 litri di benzina e si concluda con il consumo di 100 grammi di tartufo. Perciò un chilo di tartufo corrisponde a 10 viaggi e a circa 500 chili di benzina, pari a circa 500 chili di carbonio, i quali si annettono circa 1.000 chili di ossigeno per un totale appunto di circa 1.500 chili; ovviamente il tutto non solo è scherzoso ma anche spannometrico.

1

Tordela del Taro
Prelibato uccelletto cacciato in botte nel Parmigiano

Dadini d'India
Dadolata di porcellino al curry

Sanpietro peronista
Delicato pesce del Mar della Plata

Coulis siculo
Profumato sugo fatto con i pomodorini di Pachino

Carote croate
Con i sapori speziati tipici dei Balcani

I desii di Iesi
Friandises marchigiane

Arabica caraiba
Caffè con aromi del golfo del Messico

Chianti antichi
Rossi toscani vinificati con ricette dugentesche

Anisetta atestina
Liquore di anice stellato; specialità di Este

2

Desinari d'Isernia
Cibi molisani di composizione,
aspetto e sapore indefinibili; peraltro squisiti

Sapidi di Pisa
Tortelli alla Ugolino:
se si ascolta i pisani, molto migliori degli
'Scipiti di Livorno

Minestra mestrina
Variante di terraferma dei 'Risi e bisi':
però senza piselli e senza riso

Murena rumena
Gustoso pesce del Mar Nero
con aguzzi denti in stile Dracula

Tartara tartara
Specialità dell'omonimo deserto

Spinacio ispanico
Ricco di ferro:
usato per la fabbricazione delle lame di Toledo

Eccelsi leccesi
I tradizionali biscotti salentini

Insolie lionesi
Bianchi profumati del Rodano
prodotti da vitigni di origine sicula

Cordiale del Cairo
Il preferito da Tutankhamon

3

Terrina tirrena
A base di teneri pesci della costa occidentale d'Italia

Potages Gestapo
*Di cavoli e rape; rivisitazione di zuppe
delle mense naziste della Pomerania*

Peperonata partenopea
Con la 'pummarola' al posto dei peperoni

Balena elbana
*A Portoferraio,
nome eufemistico della frittura di gianchetti*

Sedani danesi
Gli ortaggi preferiti da Amleto

Amigdala di Malaga
Profumata mandorla andalusa

Evento veneto
'Xe la sorpresa final!

Chianti chinati
Rossi toscani amaricanti

Brunella Eruli

La dieta oplepiana

Contrappasso della gastronomia, pentimento della gozzoviglia, meditazione sul peso della condizione umana e dei suoi limiti, la dieta è regola, selezione, scelta, progetto, speranza e, in genere, passa ciclicamente attraverso tre stadi: la decisione, l'adesione, l'abbandono e così ricominciando, il che genera il ben noto effetto yo-yo.

Spesso la decisione intensifica l'impegno fino all'ossessione e alla mania, l'adesione si stabilizza nel compiacimento e nella routine, l'abbandono passa dalla distrazione all'oblio, al gusto dell'infrazione, allo sbracamento, al vaffanculismo di fronte a tante catastrofi annunciate, previste e probabilmente in via di realizzazione in ordine sparso nelle arterie, nelle trippe nei fegati e nelle coratelle del soggetto a dieta.

Non bisogna però disperare perché la fase tre è essenziale per tornare alla fase uno, il che genera la condizione essenziale di ogni dieta: la sua continuità. Si è sempre a dieta perché stiamo attraversando una delle sue tre fasi.

Esistono quantità infinite di diete che potrebbero essere riunite per tipologia, durata: le equilibrate, le squilibrate, le dissociate, le associate, le liquide, le proteiche, le iperproteiche, le anonime, le nominative, le mediche, le magiche, le stregoniche, le religiose, le laiche, le calmanti, le erotizzanti, le anticellulite, le antidepressive, le americane, le cinesi, le macrobiotiche, le vegetariane, le ossessive, le monomaniacali, le istantanee, le quotidiane, le settimanali, le quindicinali, le mensili e, infine, quelle eterne. La loro lista sarebbe ecologicamente molto indicata.

Qui proponiamo una nuova forma di dieta che chiameremo "oplepiana" la quale consiste nel mostrare come ogni cibo, oltre che proteine, glucidi, vitamine, grassi, carboidrati e cioè calorie, contenga anche altri elementi che fino ad ora sono transitati nel nostro corpo in modo clandestino, nascosti in cibi succulenti, universalmente noti e universalmente considerati solo dannosi e ingrassanti. Da una lista di cibi, gloria della nostra tradizione culinaria, estrarremo (per rigorosa eliminazione lineare: *natura non facit saltus*) sensate alternative ai primitivi bagordi.

Questa dieta si basa su un rivoluzionario rapporto con il cibo: infatti non è più il cibo a entrare nel corpo dell'oplepiano, producendo i danni di cui ben sappiamo, ma è il corpo dell'oplepiano che entra nei cibi, sottrae loro elementi, crea nuove associazioni celebrando il glorioso precetto della scuola salernitana: *Mens sana in corpore sano*.

Tagliatelle al sugo di lonza
Tagli alla gola

Gnocchi pasticciati
Occhi patiti

Timballo di risotto
Malori!

Mezze lune alla puttanesca
Una pesca

Bottarga sulle linguine
Botta all'inguine

Orecchiette leccesi con le cime di rapa
Chi le condirà?

Stoccafissi al pomodoro
Tocca il pomo

La zuppa di pesce
L'adipe c'è

Fegatello di maiale
Fa male!

Scaloppine di manzo all'aceto balsamico
Scappa, amico!

Braciole di maiale
Baci male

Stufatino fatto in casa
Uffa!

Carciofi e peperonate
Cacio e pere

Melanzane alla parmigiana
Mena la parigina!

Il gelato cioccolato e crema
L'etica trema

Latte e miele
Tè e mele

Cono gelato di vainiglia
No ai vini!

Purgante
Urge!

Daniela Fabrizi

Dialogo in green

Valeriana era giovane e testardamente animosa.
Rilanciando, intorno alle nove osservò:
— È mero estremismo giudicare l'idiosincrasia 'ottusa'.
   Valore e giudizio esigono talvolta ardimenti rari.
— Intendi alimentazione non ortodossa? È meno eccitan-
   te, goduriosa: Lerianella, io obietto...
— Vittorio, esitare giova. Eppure tentare – anzi, rischiare
   – implica audacia, nobiltà. O è meglio evitare, godersi
   l'istante oggi? Vieni e giudica: *échalottes* tenere arrostite, radicchio intingolato al Novello, ovuli... È meno
   estroso, goloso? Lo intuisci, ora, vero? Eccelso gusto,
   evitando tassativamente animali. Risotto in asparagina:
   nero, osserva. È mantecato e glassato, lessato in odori
   verdi. E guarda: essenze tartufate, avocadi ripieni,
   impastata alle noci, olive. È morbidissimo, eccolo: gelato
   liquoroso in otto varianti esotiche, giuggiole e tiramisù
   al ribes innaffiato al nocciolato. Ortaggi! È miracoloso
   e giusto: lodevole, io oserei.
— Verità e giustizia, eh? Troppe attese! Rideranno, insen-
   sibili. Addurranno notorie osservazioni.
— È mollezza e gola. Li intrigheremo opportunamente.
   Vol-au-vents elegantemente goffrati, *entrées* trifolate
   al Refosco, involtini, arancini: nuovi orizzonti! È me-
   ritato esito: giocare lieve, immaginare oltre.

Sal Kierkia

A mensa

- lo chef non usi grasso di foche
- il maître non prenda ordini col mitra
- lo stesso maître non si presenti vestito da Marte
- ogni piatto va servito stando ai patti
- i totani li mangiano solo i notai
- non càpiti che un granchio arrivi a tavola con un "Gronchi rosa" tra le chele
- un piatto di carne non può essere sostituito con un fritto di rane
- però una cernia val bene un lesso di carni
- a Barcelona servono la paella in un piatto largo come un patio
- fuori Napoli è una pazzia trovare la vera pizza
- se a tavola c'è un tartufo quello è da far tuo
- di Pinot se ne può bere un tino
- preferisco sempre pesce, se c'è
- la carne bollita è ben che la serva una Lolita
- il caviale costerà ma ci vale
- per condir bene la lattuga si usi la tuta
- i ravioli vanno immessi in rivoli di brodo
- per cuocere gli spiedi usare frasche di siepi
- col formaggio di grotta s'accompagna la trota
- chiedi al cameriere che riporti i porri
- servito l'abbacchio, conviene che tu abbocchi
- rinuncia sempre a una frittata tritata
- anche un cieco può mangiare ceci
- cerca di non ingoiar batteri bevendo un bitter
- se in dolce compagnia, chiedi una zuppa per la pupa

– se tu non gradisci un condimento conti meno degli altri
– col nero di seppia sappi condire polenta fritta
– gustose son le carpe con le rape
– lei dice: "Caro, prendiamo i calamari" e lui: "Cara, mai"
– saporita è la lepre con le pere
– rinuncio a una pernice per le cernie
– le anatre van mangiate a rate
– attenti che la tinca non venga dalla Cina
– le carote non siano tanto corte
– assicuratevi che col brasato il cuoco non abbia barato
– il galateo dirà quando come e dove prendere un gelato

– a piatti astrusi son da preferir quelli di Artusi

Edoardo Sanguineti

Distichetti alfabetici artusiani

allora, con la mestola forata,
alla scarlatta prende un bel colore:

buccio per busto è licenza poetica,
buttate dentro mandorle a filetti:

con conti corti e tagliatelle lunghe,
ci stanno come il pancotto nel credo:

dopo molti discorsi, con consigli,
dimmi quel che tu mangi, e ti dirò:

eccovi un altro risotto, ma senza
entremets dei Francesi, che è tramessi:

fate un battuto con poca cipolla,
fette sottili, e fegatini, e fegato:

gettateli nell'acqua acidulata,
grammi 30 di burro, e rosolateli:

ho visto già a Viareggio che le cieche
hanno virtù, che è diurodiaforetica:

il candito tagliate ai piccolissimi,
in mancanza di questi, e voi servitevi:

la carne del filetto è la più tenera,
lardatoio è un arnese di cucina:

mangiavano le bacche di una pianta,
mele rose o reinettes, chilogrammi 1:

non crediate che questa salsa io prenda
novellina, non più grossa di un uovo:

odore di noce moscata, poche
ore circa, che tante ci occorrono:

più e diverse qualità di cibi,
pranzo alle sette, veramente no;

quando l'olio comincia a grillettare,
questa è la balsamella, se verrà:

rosolata per bene, quasi nera,
ridotta quasi all'asciutto, bagnatela:

spolverizzatela sopra di cacio,
signori bevitori, a questa aringa:

tre differenti ricette di pasta,
tagliate loro la metà del gambo:

uova, uno intero e un torlo, burro, tanto,
uovo sbattuto poi nel pangrattato:

vi avverto che non è piatto per stomachi,
versate sull'intriso mezzo litro:

zucchero, grammi 90, con mandorle,
zibibbo, grammi 100, uova 2:

(28 novembre 2009)

Màrius Serra

Menu Adriatico (Carme-non-figurato)
Ferran Adrià & Carme Ruscalleda

> Il nome Adriatico, secondo alcuni storici, deriva da quello della città di Adria, nel Veneto. Secondo altri storici, invece, Adriatico deriva da Atri (anticamente Hadria e poi Hatria), trimillenaria città d'arte in Abruzzo, o ancora da Jader, antico nome della città di Zara. Forse Adriatico deriva da Ferran Adrià? [*]
>
> L'obiettivo di Ferran Adrià è di «creare un inaspettato contrasto di sapori, temperature e colori. Niente è quel che sembra. L'idea è di provocare, sorprendere e deliziare». Questo, combinato con una buona dose di ironia e senso dell'umorismo, rende le sue portate molto particolari. Come egli dice: «Il cliente ideale non viene a "El Bulli" per mangiare, ma per provare un'esperienza». [*]

El client ideal dels textos oplepians tampoc no ve als textos per llegir, sinó per tastar una experiència.

En la tradició oulipiana hi ha un exemple gloriós d'homofonia a partir de la cantant catalana Montserrat Caballé (1973).

---

[*] In italiano nel testo.

Aquest menú oplepià, en canvi, duplica els noms d'arribada. Al costat de Ferran Adrià, pare del restaurant "El Bulli", fem aparèixer una altra cuinera catalana: Carme Ruscalleda, l'única dona del món que posseeix cinc estrelles a la Guia Michelin: tres pel seu restaurant Sant Pau a Sant Pol de Mar, prop de Barcelona, i dos més pel seu restaurant a Tòquio.

Antipasto

La Carme Ruscalleda rep l'encàrrec de fer el menú de la festa d'inauguració de l'aeroport d'Alguaire, a Lleida. Hi assistiran totes les autoritats del país. Se li acut de fer un menú amb cargols de mar, per fer èmfasi en els cargols dels avions i el terme port de l'aeroport. Però com que Lleida és terra de cargols de terra (bis), i no pas de mar, l'opció de fer un aperitiu amb marisc a Lleida al final surt car i una mica arriscat.

CAR MARISC A LLEIDA

Primo piatto

La fira "documenta" de Kassel encarrega a Ferran Adrià una obra d'art i el cuiner decideix cuinar per als visitants i afegir una extensió al seu restaurant Bulli. Pot semblar una història molt imaginativa per part d'aquest narrador de contextos, però en realitat és el que va succeir. I què va fer el geni dels focs? Doncs que va guardar la roba i tots s'ho van empassar.

FERRAN NADARIA

Secondo piatto

Encara som al banquet d'inauguració de l'aeroport d'Alguaire. Hi ha una discussió abrandada sobre la naturalesa del peix que prenem de segon plat. Algú sosté que mengem mero o anfós (*Epinephelus guaza*), un peix dels serrànids de carn molt apreciada, color bru rogenc amb taques més clares, cos robust i boca molt grossa. El problema arriba quan algú altre afirma haver-los vist portar vius dins de galledes. I, és clar, els anfosos arriben a fer un metre de llargada i seixanta quilos de pes.

NEGAR MEROS: GALLEDA

Contorno

Els comensals de la festa han estat convidats a escollir entre tots els plats sorpresa que ha preparat el xef. Els han tapat els ulls amb un tovalló blanc i els han posat en fila índia perquè ensumin els plats. Només poden fer servir el olfacte. Els plats, alguns fumejants, estan situats en uns taulells a un metre quaranta centímetres del terra, de manera que la majoria de comensals poden ensumar-los còmodament, però els més baixets van justos i els nassos els passen molt a ran.

FER RAN A TRIA

Dessert

A la festa de disfresses organitzada pel restaurant Sant Pau de Sant Pol una senyorassa de Barcelona, molt bona clienta, ha vingut disfressada de Leda tal com la va retratar Salvador Dalí al seu quadre "Leda atómica" (1949). És a dir, que va completament despullada i acompanyada per una oca gegantina. L'equip del restaurant li porta un barnús per tal de cobrir-la una mica i evitar l'escàndol. La clienta no sembla deixar-se convèncer pel maître, de manera que ha de sortir la propietària del restaurant per intentar persuadir-la.

CREU-ME, RUS CAL, LEDA

Formaggio

En ple mes de maig, el restaurant El Bulli de Roses organitza les dotze hores sopant sense parar per parodiar els rècords Guinness. L'única condició per participar-hi és menjar un plat cada hora, triat per majoria simple l'hora abans, però la resta del temps els comensals poden fer el que volen: ballar, dormir, cantar, beure, banyar-se a la Costa Brava... A trenc d'alba, el plat sol·licitat ha estat un ou ferrat per cap. Ja surt el sol i encara hi ha gana.

FERRANT A DIA

Giuseppe Varaldo

Elogio della farinata

La farinata, una particolarissima torta salata molto sottile e di colore giallo, cotta in forni rigorosamente a legna all'interno di grandi teglie circolari, rappresenta probabilmente, alla pari e forse ancor più del pesto, la specialità gastronomica più gustosa e più significativa della mia regione.

Pressoché tutta la cucina della tradizione ligure è nata povera. Ma molti piatti, col tempo, si sono evoluti fino a diventare raffinati e costosi: penso per esempio alle non poche preparazioni a base di stoccafisso, come il famoso *brandacujùn* o la *coda di stoccafisso ripiena* (ricetta, quest'ultima, rara e di nicchia, ma che inizialmente si proponeva di sfruttare persino la coda del pesce!), e alla sofisticata *cima*, in origine piatto di recupero fatto con gli avanzi. Ma la farinata no, è nata ed è rimasta povera: nel doppio senso di prodotto semplice e conveniente. Nella sua versione base gli ingredienti sono addirittura ridotti all'essenziale: farina di ceci, acqua, olio extravergine di oliva, pepe e sale.

Molto comune è tuttavia l'aggiunta di cipolle bianche o cipolline novelle: così la fanno, generalmente, pure a Imperia, dove la farinata più nota e più buona è senz'altro quella dello storico locale chiamato *U Papa*. Invece la "farenara" di Salvatore Di Giacomo, ossia la venditrice di farina celebrata in almeno due delle sue poesie, stava «int' 'o vico 'e Ppaparelle».

Ma nonostante questa sua caratteristica di piatto popolare e a buon mercato, la farinata è sempre stata apprezzata e consumata, nel corso dei secoli, anche dalle classi altolocate, nonché da letterati e persone cólte.

Un anonimo poeta del Settecento ha addirittura composto in suo onore un vero e proprio inno, che inizia così:

> Un dei cibi più graditi
> che da noi furo inventati
> per dar gusto alli palati
> a me par la farinata.
>
> Viva viva viva viva
> viva pur la farinata.

Nelle numerose quartine successive, periodicamente interrotte dal distico coi cinque "viva" in forma di ritornello e poi di chiusa finale, il gioviale poeta, in un crescendo di entusiasmo e di lodi, si dilunga a cantare e a decantare prima le varie fasi della preparazione, quindi quelle che oggi chiameremmo le proprietà organolettiche e le caratteristiche gastronomiche della farinata, giudicata al tempo stesso «lo cibo delli dei/e la manna che ai plebei/fu da posteri mandata».

Un altro poeta conquistato dalla squisitezza ligure fu il forlivese Olindo Guerrini (1845-1916): la leggenda vuole che egli abbia composto di getto il sonetto *Farinata senza Uberti* mentre era seduto nell'osteria Bedin, tuttora esistente nel centro di Genova. Non esiste invece più, da molti decenni, il popolare quartiere di Ponticello in cui l'osteria, famosa per l'ottima farinata, era allora inserita. Guerrini avrebbe scritto il sonetto direttamente sul marmo del proprio tavolo, per poi ricopiarlo su un pezzo di quella tipica carta spessa che si usava, e si usa, per avvolgere l'oggetto del sonetto stesso e del suo e nostro desiderio.

> Dante, mal festi quando, nei tuoi versi,
> parlando d'Ugolin preso alla magra,
> chiamasti quei di Genova "diversi
> d'ogni costume e pien d'ogni magagna".
>
> Or davvero essi son pel mondo spersi,
> dall'uno all'altro polo, in Francia e in Spagna,
> in America, in Cina, fra perversi
> selvaggi e fra civili, e niun si lagna.
>
> Dell'ingiusto giudizio or la più fina
> vendetta sui tuoi canti hanno inventata,
> e te la fanno sotto gli occhi aperti.
>
> Tu celebrasti il grande degli Uberti
> ed essi, in Ponticel, dalla Bedina,
> celebrano ogni dì la Farinata.

In tempi più recenti la farinata è stata dichiaratamente amata, e talvolta citata nei loro testi, anche da svariati artisti e intellettuali, liguri e non: cito fra gli altri Fabrizio De André, Paolo Villaggio, Antonio Tabucchi e il poeta e commediografo genovese Vito Elio Petrucci.

Mi è pertanto piaciuto immaginare che, in analogia soprattutto con quel loro meno bravo collega anonimo, alcuni grandi poeti della nostra penisola, dall'antichità ad oggi (del resto c'è chi fa risalire la farinata addirittura all'epoca romana), abbiano voluto dedicare, secondo il loro stile e sulla base del loro – per così dire – repertorio lirico, un proprio distico elogiativo a questa prelibatezza: distico che finisce col diventare una sorta di variante gastronomico-letteraria rispetto alla ricetta più usuale. Ricordo che, d'altra parte, la farinata è presente sulle mense e nei locali tipici della Liguria, specialmente nel suo tratto occidentale, e pure della vicina Costa Azzurra, in innumerevoli versioni e con quasi altrettante denominazioni: *fainà* a Genova, *turtellassu* a Savona, *turta* ad Alassio, *frisciulata* a Imperia, *socca* a Ventimiglia e a Nizza.

Lo *chef* consiglia dunque:

Farinata alla Virgilio
Quid non mortalia pectora cogis,
pultis sacra fames?

Farinata alla Dante
Vedi la farinata in ogni vitto:
da la Lanterna in sù sempre 'l vedrai.

Farinata alla Parini
Torna a fiorir l'ariosa
leggiadra leccornia.

Farinata alla Foscolo
O materna mia terra, a noi prescrisse
il fato questa torta buona e pura.

Farinata alla Manzoni
Son gli uomini ansiosi di averla fra i denti,
quel vivido aroma li rende impazienti.

Farinata alla Belli
Una grazzia-de-ddio, e de la Madonna,
sta cosa poverella calla e ttonna.

Farinata alla Leopardi
Sempre caro mi fu, croccante o molle,
questo cibo speciale: farlo è un'arte.

Farinata alla Carducci
Sì parca io la volli,
con olio, pepe e sale.

Farinata alla Pascoli
O cuciniere, cuciniere sforna
la farinata di cipolle adorna.

Farinata alla Di Giacomo
'A cchiù meglia farenata,
'a cchiù fina, è chella 'e "U papa".

Farinata alla Marinetti
Vampe vampe vampe
fanno crrrrepitare urrà la cecitorta.

Farinata alla Palazzeschi
Farifarifarifa,
Natanatanatana!

Farinata alla Ungaretti
M'illumina
la mensa.

Farinata alla Montale
Guardando quel giallo che abbaglia
sentirne l'arcana meraviglia.

Farinata alla Scialoja
Nel forno végliala e vàgliala,
poi togli la teglia e tàgliala.

Glosse

Elena Addòmine, *Corona di sonetti gastronomici*

In generale, la "corona di sonetti" è un componimento formato dall'unione di più sonetti su uno stesso argomento.

Questa *Corona di sonetti gastronomici*, ispirata alla gastronomia italiana e in particolare a *Il Nuovissimo Cucchiaio d'Argento* (Editoriale Domus, 1986), è composta da 15 sonetti; in essi l'ultimo verso del primo sonetto costituisce il primo verso di quello successivo, e così via. Il quindicesimo sonetto è formato da tutti gli ultimi versi dei 14 sonetti precedenti. Ciascun sonetto si riferisce al corrispettivo capitolo de *Il Cucchiaio d'Argento*.

La struttura metrica selezionata segue lo schema classico di due quartine e due terzine di versi endecasillabi giambici a rima: *ABBA - ABBA | CDE - EDC*.

Le rime dei versi che non appaiono nel quindicesimo sonetto non sono mai ripetute.

STRUTTURA RIME

verso	1 Sale, burri, composte, marinate	2 Antipasti, entrées, pizze	3 Minestre	4 Uova, frittate	5 Verdure	6 Pesci	7 Carni, frattaglie	8 Animali da cortile	9 Selvaggina	10 Barbecue	11 Formaggi	12 Dolci, desserts	13 Cucina esotica	14 Surgelati	15 Gastronomia italiana
1	ASTO	A-ale	B-ati	B-ati	A-ale	A-ale	B-ati	B-ati	A-ale	C-ore	D-ire	E-ane	E-ane	D-ire	A-ale
2	ALI	ARI	ASTA	OTTO	ORTI	ENTI	ENDE	ILE	ONE	ERTO	ARDA	OSI	MENTO	ATO	B-ati
3	ALI	ARI	ASTA	OTTO	ORTI	ENTI	ENDE	ILE	ONE	ERTO	ARDA	OSI	MENTO	ATO	B-ati
4	ASTO	A-ale	B-ati	B-ati	A-ale	A-ale	B-ati	B-ati	A-ale	C-ore	D-ire	E-ane	E-ane	D-ire	A-ale
5	ASTO	A-ale	B-ati	B-ati	A-ale	A-ale	B-ati	B-ati	A-ale	C-ore	D-ire	E-ane	E-ane	D-ire	A-ale
6	ALI	ARI	ASTA	OTTO	ORTI	ENTI	ENDE	ILE	ONE	ERTO	ARDA	OSI	MENTO	ATO	B-ati
7	ALI	ARI	ASTA	OTTO	ORTI	ENTI	ENDE	ILE	ONE	ERTO	ARDA	OSI	MENTO	ATO	B-ati
8	ASTO	A-ale	B-ati	B-ati	A-ale	A-ale	B-ati	B-ati	A-ale	C-ore	D-ire	E-ane	E-ane	D-ire	A-ale
9	A-ale	B-ati	B-ati	A-ale	A-ale	B-ati	B-ati	A-ale	C-ore	D-ire	E-ane	E-ane	D-ire	C-ore	C-ore
10	ORNI	INE	ARIO	ATE	OCCHIO	URRO	ELLO	ANCHE	ANI	ENTE	ERO	IZIA	INA	EMA	D-ire
11	OSSO	ITE	ANGIA	AGLIA	ANA	AZZA	AME	INO	OSCI	AGNA	OSA	UOLE	ELLO	ARTE	E-ane
12	OSSO	ITE	ANGIA	AGLIA	ANA	AZZA	AME	INO	OSCI	AGNA	OSA	UOLE	ELLO	ARTE	E-ane
13	ORNI	INE	ARIO	ATE	OCCHIO	URRO	ELLO	ANCHE	ANI	ENTE	ERO	IZIA	INA	EMA	D-ire
14	A-ale	B-ati	B-ati	A-ale	A-ale	B-ati	B-ati	A-ale	C-ore	D-ire	E-ane	E-ane	D-ire	C-ore	C-ore

Paolo Albani, *Rimembranze culinarie alla maniera di Perec*
1. In acrostico è il nome dell'autore.
2. via del Granchio (Firenze), via del Lasca (Firenze), via San Gallo
   (Firenze), via della Fontina (Pisa), via dell'Uva (Massa), via Torta
   (Firenze).
3. I titoli sono rispettivamente di S. Anderson, B.A. Brophy, Lu Xun,
   K. Hamsun, S. Cambosu.
4. I sei piatti tipici nigeriani formano in acrostico il nome dell'ospite.
5. Gli animali immaginari citati sono contenuti nel libro di Jorge Luis
   Borges, *Il libro degli esseri immaginari*, a cura di Tommaso Scarano,
   Adelphi, Milano, 2006.
6. I cibi si riferiscono ai film: *Il pranzo di Babette* (1987) di Gabriel
   Axel (per i primi tre); *Chocolat* (2000) di Lasse Hallström (per il
   quarto); *Vatel* (2000) di Roland Joffé (per l'ultimo).
7. Si tratta dei pittori: Michiel Simons (1620-1673), tedesco; Panfilo
   Nuvolone (1581-1651), italiano; Floris Claesz van Dick (1575-
   1651), olandese; Osias Beert (1580-1624), fiammingo; Louise
   Moillon (1610-1696), francese.
8. Nell'ordine, i piatti riprendono le sigle di cinque partiti politici
   italiani: LN, PdL, PD, IdV, UdC.

Raffaele Aragona, *La contrainte à la carte*

1. MENU CINEMATOGRAFICO

Prosciutto, prosciutto	di Juan José Bigas Luna, con Penélope Cruz e Stefania Sandrelli (1992)
La mortadella	di Mario Monicelli, con Sophia Loren, Luigi Proietti e Susan Sarandon (1971)
Uova d'oro	di Juan José Bigas Luna, con Javier Bardem e Maribel Verdú e Alessandro Gassman
Riso amaro	di Giuseppe De Santis, con Silvana Mangano, Vittorio Gassman e Raf Vallone (1949)
Maccheroni	di Ettore Scola, con Jack Lemmon, Marcello Mastroianni e Daria Nicolodi (1985)
Pastasciutta ... amore mio	di Anne Bancroft, con Anne Bancroft, Dom DeLuise e Ron Carey (1980)
Penne nere	di Oreste Biancoli, con Marcello Mastroianni, Marina Vlady e Camillo Pilotto (1952)
Carne tremula	di Pedro Almodóvar, con Javier Bardem, Francesca Neri e Penélope Cruz (1997)
Carne cruda	di Russ Meyer, con Anouska Hempel, David Warbeck e Percy Herbert (1972)
Un pesce di nome Wanda	di Charles Crichton, con John Cleese, Jamie Lee Curtis e Kevin Kline (1988)

Un pesce di color rosa	di Ben Lewin, con Bob Koskins, Jeff Goldblum, e Natasha Richardson (1991)
Pomodori verdi fritti	di Jon Avnet, con Kathy Bates e Jessica Tandy
Paprika	di Tinto Brass, con Deborah Caprioglio, Stéfane Ferrara e Martine Brochard
La parmigiana	di Antonio Pietrangeli, con Catherine Spaak e Nino Manfredi (1963)
Arancia meccanica	di Stanley Kubrick, con Malcom McDowell, Michael Bates e Adrienne Corri (1971)
Mela e tequila	di Andy Tennant, con Mathew Perry, Salma Hayek e Tomas Milian (1997)
Banana split	di Busby Berkeley, con Alice Faye, Carmen Miranda e Benny Goodman (1943)
Frutto proibito	di Billy Wilder, con Ginger Rogers, Ray Milland e Diana Lynn (1942)
Dolce inganno	di Georges Stevens, con Katharine Hepburn e Joan Fontaine (1937)
La torta in cielo	di Lino Del Fra, con Paolo Villaggio, Didi Perego e Franco Fabrizi (1973)
Liquirizia	di Salvatore Samperi, con Stefano Ruzzante e Barbara Bouchet (1979)
Chocolat	di Lasse Hallström, con Juliette Binoche e Johnny Depp (2000)
Cioccolato bollente	di Giles Foster, con Vanessa Redgrave, Jonathan Pryce e Freddie Jones (1988)
Il porto delle nebbie	di Marcel Carné, con Jean Gabin, Michèle Morgan e Michel Simon (1938)
Champagne in paradiso	di Aldo Grimaldi, con Romina Power, Edmond Purdom e Francesca Romana Coluzzi (1983)

2. LETTERARIO

Paté de fois gras	di Elena Barolo (Iacchetti, 2004)
Penne alla bolognese	di AA.VV. (Damster, 2009)
L'arrabbiata	di Paul Heysse (Directmedia, 2008)
Pollo alle prugne	di Marjane Satrapi (Sperling & Kupfer, 2005)
Il tacchino	di Slawomir Mrozek (Einaudi, 1965)
La parmigiana	di Bruna Piatti (Longanesi, 1962)
Le uova e la frittata	di Giancristiano Desiderio (Liberi Libri, 2009)
Maionese	di Paolo Lanzillotto (Starrylink, 2003)
Una granita di caffè	di Alessandra Lavagnino (Sellerio, 2006)
Fragole caramellate con la panna	di Piergiorgio Leaci (Prospettiva editrice, 2006)

Cacao   di Jorge Amado (Einaudi, 1998)
Zucchero e cannella   di Cristina Cardone (Lds, 2007)
Quattro mele annurche   di Maria Rosaria Valentini (Capelli, 2005)
Mangiare banane   di Giampaolo Dossena (Il Mulino, 2007)
Il tè delle tre vecchie signore   di Friedrich Glauser (Sellerio, 1985)

3. GEOMETRICO	le forme geometriche dettano le varie portate
4. GRIGLIATO	il menu è presentato come in una griglia
5. MONOCROMATICO	le pietanze sono esclusivamente di colore giallo
6. DEL PRIGIONIERO	il menu utilizza solo lettere non sconfinanti né in basso né in alto
7. TAUTOGRAMMATICO	la lettera iniziale (congiunzioni e preposizioni a parte) è sempre la 'p'
8. TAUTOGRAMMATICO	la lettera iniziale è sempre la 'a'
9. MONOVOCALICO	l'unica vocale utilizzata è la 'a'
10. LIPOGRAMMATICO	nel menu sono presenti tutte le lettere tranne la vocale 'a'

Lorenzo Enriques, *Il "chilometro libero"*.
La "magica" articolazione delle pietanze dei tre menu comprende due parti, l'una anagramma dell'altra.

Daniela Fabrizi, *Dialogo in green*
Nove acrostici orizzontali ripetuti della frase 'vegetariano è meglio' [dal manifesto inedito per la promozione dell'apertura di nuovi ristoranti vegetariani sul territorio nazionale].

Sal Kierkia, *A mensa*
Aggiungere un posto a tavola comporta maggior fastidio che toglierlo: nel primo caso bisogna fare spazio al sopravvenuto con l'aggravante di discutere dove inserirlo; nell'altra evenienza ci si allarga un po' con l'opportunità (per qualche convitato) di scegliersi una migliore collocazione.
In una parola si può escludere una lettera e porre così, nello spazio da quella lasciato libero, un'altra lettera della stessa parola. È ciò che si è fatto in questo oplepiano convivio:
— lo chef non usi grasso di foche
— il maître non prenda ordini col mitra
— lo stesso maître non si presenti vestito da Marte
— ogni piatto va servito stando ai patti
— i totani li mangiano solo i notai
— non càpiti che un granchio arrivi a tavola con un "Gronchi rosa" tra le chele
— un piatto di carne non può essere sostituito con un fritto di rane
— però una cernia val bene un lesso di carni

– a Barcelona servono la paella in un piat*t*o largo come un patio
– fuori Napoli è una pa*zz*ia trovare la vera pizza
– se a tavola c'è un *t*artufo quello è da far tuo
– di *P*inot se ne può bere un tino
– preferisco sempre *p*esce, se c'è
– la carne *b*ollita è ben che la serva una Lolita
– il *c*aviale costerà ma ci vale
– per condir bene la lattuga si usi la tuta
– i *r*avioli vanno immessi in rivoli di brodo
– per cuocere gli spie*d*i usare frasche di siepi
– col formaggio di *g*rotta s'accompagna la trota
– chiedi al cameriere che ripor*r*i i por*r*i
– servito l'abb*a*cchio, conviene che tu abbocchi
– rinuncia sempre a una *f*rittata tritata
– anche un ciec*o* può mangiare ceci
– cerca di non ingoiar *b*atteri bevendo un bitter
– se in dolce compagnia, chiedi una *z*uppa per la pupa
– se tu non gradisci un con*d*imento conti meno degli altri
– col nero di *s*eppia sappi condire polenta fritta
– gustose son le *c*arpe con le rape
– lei dice: "Caro, prendiamo i ca*l*amari" e lui: "Cara, mai"
– saporita è la *l*epre con le pere
– rinuncio a una *p*ernice per le cernie
– le *a*natre van mangiate a rate
– attenti che la *r*inca non venga dalla Cina
– le *c*arote non siano tanto corte
– assicuratevi che col *b*rasato il cuoco non abbia barato
– il *g*alateo dirà quando come e dove prendere un gelato

– a piatti a*s*trusi son da preferir quelli di Artusi

Edoardo Sanguineti, *Distichetti alfabetici artusiani*
I distici sono costruiti ritagliando (con lievi adattamenti) proposizioni de
La scienza in cucina dell'Artusi; la selezione pone in evidenza, per quanto
aleatoria, alcune ossessioni tematico-lessical-culinarie di Anthelme Brillat-
Savarin. I 21 distici offrono, inoltre, un acrostico alfabetico doppio.

Màrius Serra, *Menu Adriatico (Carme-non-figurato) / Ferran Adrià &
Carme Ruscalleda*
Di séguito è riportata la traduzione italiana, a cura di Beatrice Parisi, del
testo catalano di Serra.

> Anche il cliente ideale dei testi oplepiani non si accosta ai testi
> per leggerli, ma per assaggiare un'esperienza.
> Nella tradizione oulipiana c'è un esempio straordinario di
> omofonia basato sulla cantante catalana Montserrat Caballé
> (1973).

*All'uscita di un Consiglio dei Ministri, il portavoce dell'Eliseo nota
che il Presidente della Repubblica ha l'aria seccata. Gli domanda*

*perché. «Non so cosa succede», risponde Giscard, «ma ho come la
sensazione che il mio primo ministro non sia più così attento come
in passato agli affari del Governo»:*

MON CHIRAC A BÂILLÉ
(il mio Chirac ha sbadigliato)

Il presente menu oplepiano, invece, raddoppia i nomi d'arrivo. Accanto
a Ferran Adrià, padre del ristorante "El Bulli", compare un'altra cuoca
catalana: Carme Ruscalleda, l'unica donna al mondo ad avere cinque stelle
sulla Guida Michelin: tre per il suo ristorante "Sant Pau" a Sant Pol de
Mar, vicino a Barcellona, e altre due per il suo ristorante di Tokio.

ANTIPASTO
Carme Ruscalleda è incaricata di occuparsi del rinfresco per
l'inaugurazione dell'aeroporto di Alguaire, a Lleida, al quale
parteciperanno tutte le autorità del paese. Decide di preparare un
menu con molluschi (*cargols de mar*), per richiamare le viti (*cargols*)
degli aerei e il concetto di "porto" compreso in "aeroporto". Ma
poiché Lleida è una terra di lumache (*cargols*) di terra e non di
molluschi, l'idea di fare un aperitivo a base di frutti di mare (*marisc*)
a Lleida alla fine risulta costosa e piuttosto arrischiata

CAR MARISC A LLEIDA
(cari frutti di mare a Lleida)

PRIMO PIATTO
La mostra "documenta" di Kassel chiede a Ferran Adrià un'opera
d'arte e il cuoco decide di cucinare per i visitatori, creando in questo
modo un'estensione del suo ristorante "Bulli". Può sembrare una
storia molto fantasiosa inventata dal sottoscritto creatore di contesti,
ma è proprio quello che è successo. E che cosa ha fatto il genio dei
fornelli? Beh, è riuscito a salvare capra e cavoli (*nedar i guardar la
roba*) e tutti l'hanno mandata giù.

FERRAN NADARIA
(Ferran nuoterebbe)

SECONDO PIATTO
Siamo sempre al banchetto d'inaugurazione dell'aeroporto di
Alguaire. Si discute animatamente sul tipo del pesce che mangiamo
per secondo. Per qualcuno si tratta di *Epinephelus guaza*, o cernia
bruna (*mero*), un pesce della famiglia dei serranidi dal sapore molto
apprezzato, di colore bruno rossiccio con macchie più chiare, corpo
robusto e bocca molto grande. Il problema sorge quando qualcun'altro
sostiene aver visto portare i pesci vivi in un secchio (*galleda*). E, si
sa, le cernie brune possono raggiungere un metro di lunghezza e
sessanta chili di peso...

NEGAR MEROS: GALLEDA
(negare cernie: secchio)

CONTORNO
Gli ospiti della festa sono stati invitati a fare una scelta (*tria*) fra i
vari piatti a sorpresa preparati dallo chef. Con gli occhi bendati da
un tovagliolo bianco sono stati messi in fila indiana per annusare le
pietanze. Possono usare solamente l'olfatto. I piatti, alcuni dei
quali fumanti, sono posati su tavolini a un metro e quaranta
d'altezza: la maggior parte dei commensali possono quindi annusarli
comodamente, ma i più bassini ci arrivano pelo pelo e i loro nasi
passano a raso (*a ran*).

FER RAN A TRIA
(fare raso in scelta)

DESSERT
Alla festa mascherata organizzata dal ristorante "Sant Pau" di Sant
Pol un donnone di Barcellona, cliente affezionata, è venuta vestita
da Leda come l'ha ritratta Salvador Dalí nel suo quadro "Leda
atomica" (1949). In pratica è completamente nuda e seguita da
un'oca gigantesca. Lo staff del ristorante le porta un accappatoio
di spugna (*rus*) per coprirla un po' ed evitare lo scandalo. Ma la
cliente sembra non volersi far convincere dallo chef e deve intervenire la proprietaria provando a farla ragionare.

CREU-ME, RUS CAL, LEDA
(credimi, ci vuole la spugna, Leda)

FORMAGGIO
È maggio inoltrato e il ristorante "El Bulli" di Roses organizza una
dodici ore di pasto ininterrotto per fare la parodia del Guinness dei
primati. L'unica condizione per partecipare è mangiare un piatto
ogni ora, scelto a maggioranza semplice l'ora prima, ma per il resto
del tempo i commensali possono fare quello che vogliono: ballare,
dormire, cantare, bere, fare il bagno nel mare della Costa Brava...
All'alba il piatto richiesto è stato un uovo al tegamino (*ou ferrat*) a
testa. Sta spuntando il sole e la voglia di mangiare non è ancora
passata.

FERRANT A DIA
("ferrando" al giorno)

Giuseppe Varaldo, *Elogio della farinata*

Nel secondo verso del suo sonetto, Olindo Guerrini si è limitato a
un'assonanza: probabilmente perché, a causa di un certo torpore
postprandiale (da farinata) e magari anche di una lieve ebbrezza (da
vinello frizzante a buon mercato), non è riuscito a trovare una quarta
rima in -*agna*. In ogni caso quel suo componimento elogiativo, ideato e
scritto di getto al tavolo – meglio, sul tavolo – dell'osteria Bedin, è
attestato dalle cronache e/o da Internet esattamente come qui riportato.
Volendo fare oggi le pulci, e le correzioni, al poeta romagnolo, si potrebbe,
naturalmente scherzando, emendare così la sua *performance* genovese:
"parlando d'Ugolino che non magna"...

9 788889 364168 5